그림 그리는 농부
다이스케, 아스파라거스는 잘 자라요?

그림 그리는 농부

다이스케, 아스파라거스는 잘 자라요?

펴낸날 2018년 4월 23일

글·그림 오치 다이스케
옮긴이 노인향

펴낸이 조영권
만든이 김영하
꾸민이 토가 김선태

펴낸곳 자연과생태
주소 서울 마포구 신수로 25-32, 101(구수동)
전화 02) 701-7345~6 **팩스** 02) 701-7347
홈페이지 www.econature.co.kr
등록 제2007-000217호

ISBN : 978-89-97429-91-2 03830

그림 그리는
농부

다이스케,
아스파라거스는
잘 자라요?

오치 다이스케 글·그림

노인향 옮김

자연과생태

그렇게 그림 그리는 농부가 되었습니다

줄곧 그림을 그렸습니다. 그림을 그리다 보면 나는 누구인지, 무엇을 원하는지, 어떻게 살아야 하는지 같은 의문과 고민이 잊혔습니다.

한때는 그림에 더욱 집중하고자, 더 넓은 세상을 보고자 나고 자란 남쪽을 떠나 도쿄에서 지내기도 했습니다. 다양한 사람을 만나고 많은 영감을 얻었지만 이상하게도 마음은 헛헛했습니다. 곰곰이 생각한 끝에 도쿄살이를 접고 고향인 에히메로 내려와 농사를 짓기 시작했습니다.

처음에는 아스파라거스 일과 논밭일을 배우느라 눈코 뜰 새 없이 바빴습니다. 당연히 그림 그릴 시간도 없었지요. 한동안은 농사지으며 좌충우돌하는 것보다 그림을 마음껏 그리지 못하는 것이 더 힘들기도 했습니다.

그러나 매일 같이 아스파라거스와 마주하고 논밭을 오가는 사이, 신기하게도 헛헛한 마음이 조금씩 채워졌습니다. 마음 한구석을 짓누르던 작은 돌도 사라졌고 문득문득 휘몰아치던

마음속 폭풍우도 잦아들었습니다. 그림밖에 모르던 저를 아스파라거스가, 논밭이, 자연이 품어 줬습니다. 그리고 저는 그 품 안에서 그림 그리는 농부가 되었습니다.

그림으로써 '나'를 찾고 농사로써 평안을 얻으려 애쓴 제 지난 여정을 이 책에 담았습니다. 그러나 큰 틀에서 보면 이 이야기는 자신이 원하는 것이 무엇인지를 절실히 찾는 모두의 이야기일 수 있다고 생각합니다. 부디 이 책이 '나'로서 살기를 바라는 이들에게 자그마한 힘이나마 될 수 있다면 좋겠습니다.

2018년 봄날
오치 다이스케

차례

머리말 _ 4

아스파라거스 농부의 일상

시골에서 예술가로 산다는 것

자연을 닮아가는 나날

아스파라거스 농부의 일상

아스파라거스와
함께 있습니다

모내기하다 잠깐 쉴 겸 바위에 앉아 동생 요우와 이런저런 이야기를 나눴다. 말끝에 요우가 덧붙였다.

"매일 아스파라거스를 키우니 형도 이제 프로네."

그 말에 기쁘면서도 쑥스러웠다. 칭찬을 받으면 괜히 쑥스러워진다. 게다가 아스파라거스는 내가 키우는 게 아니라 알아서 자라니까.

매일 아스파라거스 하우스로 가긴 한다. 가위로 아스파라거스를 자르고 상자에 담아 가져온다. 자라는 것은 아스파라거스만이 아니다. 풀도 쉬지 않고 자라니 하우스에 갈 때마다 뽑아야 한다. 이 정도로 프로라고 할 수는 없겠지만 요우 말을 들으니 새삼 내가 매일 아스파라거스 곁에 있긴 하구나 싶다.

그림 그리는
농부

날씨가 좋아 오랜만에 하늘을 올려다보며 느긋하게 하우스로
가는 길, 국화를 키우는 옆집 아저씨가 말을 걸었다.

"오랜만이네. 화가 양반이지?"

내가 그림을 그린다는 걸 아는 모양이다. 주변 사람들이 나를
농사도 짓고 그림도 그리는 사람으로 알아주면 왠지 모르게
안심이 된다. 덕분에 기분이 좋아 풀을 아주 많이 뽑았다.

더디고 어설퍼도
괜찮아

하우스 안에 속도랑을 냈다. 속도랑은 물을 대거나 빼려고 땅속이나 구조물 밑에 내는 도랑이다. 그동안 물이 잘 빠지지 않아 땅이 질척거려 아스파라거스를 심는 데도 하우스를 오가는 데도 불편했기 때문이다.

평소 같으면 업자를 불렀겠지만 이번에는 직접 해 보기로 했다. 이웃 아저씨에게 방법을 묻고 도구를 빌리고 도와줄 친구도 한 명 불렀다. 뜨겁디뜨거운 하우스 봄볕 아래서 초보자 둘이 머리를 맞대고 낑낑거렸다. 일정한 깊이로 긴 구멍을 파고 자갈을 깔고 도랑을 내고 다시 자갈을 깔고 흙을 덮어 마무리했다.

지식이 부족하고 요령도 없어 일하는 속도는 더뎠지만 친구와 함께했기에 즐거웠고 과정 하나하나에 내 생각을 담을 수 있어서 뿌듯했다.

건강하게만
자라다오

아스파라거스를 보식했다. 이 하우스에 있는 아스파라거스는 심은 지 20년이나 된 어르신들이다. 사람으로 따지면 갓 성인식을 치른 셈이지만 아스파라거스 세계에서는 이미 할아버지나 다름없다.

아스파라거스는 한 번 심으면 같은 자리에서 몇 번이고 싹이 돋아 해마다 심어야 하는 수고로움은 없다. 다만 개중에 새싹이 나지 않는 경우도 있어서 하우스를 돌아다니며 아스파라거스가 나지 않은 곳을 찾아 다시 심어야 한다.

새로 심는다고 해서 크게 번거롭지는 않다. 흙을 파고 적토를 넣은 다음 모종을 심고 다시 흙을 덮어 탁탁 정리하면 끝이다.

새로 심은 녀석들을 바라보며 기원한다. 선배 아스파라거스들처럼 땅에 확실히 뿌리 내리기를, 환하게 잎을 내기를, 하우스 안이 시끌벅적해질 만큼 가득히 자라기를.

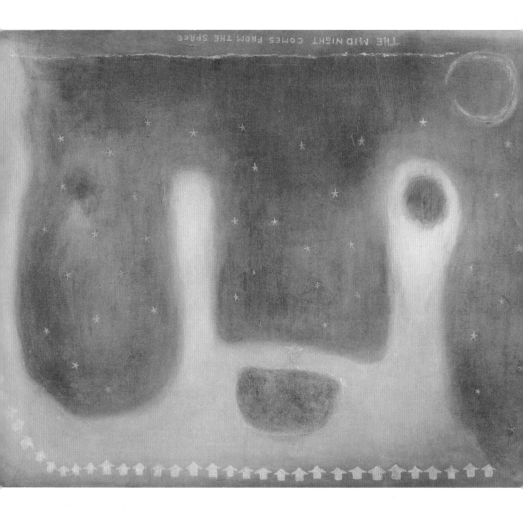

⭐ 그림 그리는 농부 다이스케, 아스파라거스는 잘 자라요?

초록 송이에 달린
삶이라는 무게

아스파라거스 수확을 도와주러 온 친구가 말했다. "아스파라거스를 가위로 자를 때면 호흡이 아주 깊어지는 것 같아."

어느새 나는 아스파라거스 따는 일을 재배, 수확, 출하라는 커다란 덩어리 작업의 한 과정으로만 인식하는데 사실 그리 가볍게 여길 일이 아니다. 쭉쭉 뻗으려는 줄기를 날붙이로 뚝 끊는 일이기 때문이다.

비록 농사가 인간 의지로 한 생명을 좌지우지하는 일이지만 이 순간의 무게, 호흡의 깊이는 잊지 말아야겠다. 나는 앞으로도 오랫동안 아스파라거스와 함께 살아가야 하니까.

마음으로
본다는 것

진짜 아스파라거스 세계는 흙속에 있다. 뿌리가 핵심이기 때문이다. 흙을 고르고, 물이나 영양분을 주는 일도 사실 모두 뿌리를 돌보는 일이다. 온도도 마찬가지다. 하우스 전체 온도가 아니라 흙속, 뿌리 주변 온도를 쾌적하게 하는 데 맞춘다.

마음으로 아스파라거스를 대한다는 말은 막연한 감성 표현이 아니다. 눈으로는 흙속에 있는 아스파라거스 실체를 볼 수 없기에 온 감각을 동원해야 한다는 사실을 가리키는 말이다.

지혜를
빌리다

재작년부터 혼자서는 도무지 풀 수 없던 문제가 있었다. 하우스 안을 좀 더 따뜻하게 하려고 비닐을 한 겹 더 씌웠는데 이걸 한 번에 열었다 닫았다 할 수가 없었다. 어떻게든 혼자 해결해 보려고 2년 가까이 애쓰다가 결국 근처에서 역시 아스파라거스를 키우는 유우키 군을 찾아갔다.

그렇게 오랫동안 이리저리 해 봐도 안 되던 것이 유우키 군이 알려 준 대로 비닐에 줄을 달아 당기니 스윽 하고 맞은편까지 한 번에 열렸다. 속이 다 시원하다! 물어보길 정말 잘했다. 유우키 군, 고마워.

사실 질문을 한다는 게 마음처럼 쉽지만은 않다. 그렇다고 혼자 끙끙대기만 하면 자기 꼬리를 물듯 같은 데서 뱅뱅 돌기만 하고 앞으로는 나아가지 못한다. 조금만 용기를 내 다른 사람 조언을 구하면 한 번에 껑충 나아갈 수 있다. 질문한다는 것은 지혜를 빌린다는 다른 표현 같다.

부산스러운 손길 따라
번민은 먼 곳으로

농사가 고마운 것은 머리를 많이 쓰지 않아도 되기 때문이다 (물론 모든 일이 그렇듯 농사도 처음 시작할 때야 이리저리 머리를 굴려야 하지만). 괭이로 땅을 파고 풀을 뽑고 여문 아스파라거스를 가위로 잘라 바구니에 넣으면 그만이다.

고민이 가득할 때 머리를 많이 써야 하면 덩달아 고민거리도 커지고 괜히 화도 나면서 머릿속이 더 시끄러워진다. 그러나 하우스나 논에서 일하면 그저 단순한 과정 하나하나에 집중하면 그뿐이니 시나브로 머리가 맑아지고 마음이 차분해진다.

농사를 지으면서 내게 일이란 생활을 떠받드는 지지대가 아니라 마음의 평화를 찾는 망원경이 되었다.

하우스 새 식구를
소개합니다

어제 시장에 들른 김에 양상추와 양배추 모종을 샀다. 줄지어 심은 아스파라거스 사이사이에 빈 공간이 있어 채소를 심어 봐야겠다고 생각하던 참이었다.

물이나 영양분은 아스파라거스에게 주는 것으로 충분할 테니 문제는 더위와 습도 정도겠지. 제대로 잘 자라려나? 하우스에 새로 입주한 이 녀석들이 무사히 뿌리 내리기를.

길게 호흡하며
묵묵히 몸으로 말하는 사람

농사를 시작했을 무렵, 서둘러 괭이질하던 나를 보며 아버지가 말했다.

"농사는 천천히 하는 거야."

그때만 해도 무슨 일이든 빨리, 효율 높게 해야 한다고 생각했기에 아버지 말뜻을 진심으로 이해하지 못했다.

이제는 그 뜻을 잘 안다. 농사는 몸으로 하는 일이다. 하루 이틀 하고서 끝낼 일이라면 무리해서라도 후다닥 처리하면 되지만 농사를 업으로 삼는 이에게는 끝이 없다. 내일도 모레도 글피도…… 평생 묵묵히 몸으로 밀고 나가야 한다. 그러므로 눈앞에 놓인 일을 빨리하는 것보다는 긴 호흡으로 몸과 마음에 여유를 주며 일하는 것이 중요하다.

아직 아버지만한 농부는 아니지만 이제 조금은 농사가 무엇인지, 농부가 무엇인지 알 듯하다.

소주 퇴충제, 식초 살균제, 쇠뜨기 영양제

근처 슈퍼에서 식초와 흑설탕, 4리터에 1,600엔 정도 하는 소주를 샀다. 먼저 소주에 잘게 썬 고추를 여덟 줌 넣었다. 곧 소주가 새빨개졌다. 이대로 2개월쯤 묵히고 나면 곤충이 아주 싫어하는 퇴치제가 된다. 식초는 물에 희석시켜 아스파라거스 이파리에 뿌릴 예정이다. 살균 효과가 있어 아스파라거스가 병에 걸리지 않도록 도와준다. 소주와 식초는 모두 2주에 한 번 정도 뿌릴 생각이다.

쇠뜨기나 쑥을 뜯어다 흑설탕을 뿌린 다음 누름돌을 넣고 일주일쯤 두면 영양제, 살균제로 쓸 수 있는 발효액이 된다고 한다. 이 외에도 아스파라거스를 지키는 친환경 방식은 많겠지. 그런데 이런 작업이 비단 아스파라거스에게만 좋은 건 아닌 것 같다.

자연과 한 걸음 더 가까워지려는 노력은 내게도 생기를 준다. 밥처럼 금방 내 배를 부르게 하지는 않지만 코로 들이마신 공기가 폐를 지나 온몸으로 돌 듯 서서히 나를 건강하게 한다.

덕분에 내 몸과 마음은 싱그러운 자연 에너지로 가득 찰 테고
그 힘으로 또 나는 아스파라거스를 건강하게 지킬 수 있겠지.

배워야 할 일이
아직도 많습니다

아스파라거스가 너무 빽빽하게 자랐다. 아스파라거스는 서로 20센티미터 정도 떨어지게끔 심도록 배웠는데 손길이 서툴렀나 보다.

심은 간격이 촘촘하면 잎이 너무 무성해져 바람이 잘 통하지 않아 하우스 안 온도가 올라가고 습도도 높아진다. 즉 균이 번식하기 좋은 환경으로 바뀌어 아스파라거스가 병에 걸리거나 벌레가 생길 확률이 높아진다. 또한 시야가 막혀서 아스파라거스를 따기도 어려워진다.

조금씩 솎아 가며 내년에는 이런 일이 생기지 않도록 해야겠다.

농사:
지구와 사람을 잇는 일

노미쓰 씨 밭에 다녀왔다. 노미쓰 씨 밭은 마을에서 떨어진 산
자락에 있어 가려면 언덕을 여러 번 넘어야 한다. 우리 마을
사람들은 대개 규모가 큰 논밭에서 트랙터나 콤바인 같은 기
계를 이용해 벼와 채소를 키우고 농약과 화학 비료도 쓴다. 그

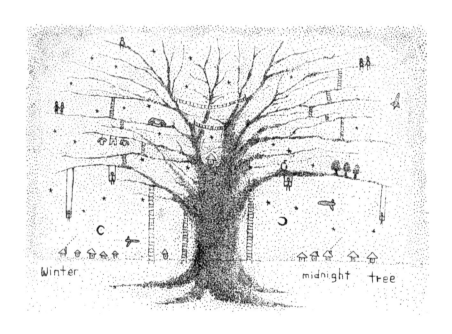

러나 노미쓰 씨는 자그마한 밭을 직접 갈고 농약을 뿌리지 않으며 비료도 자연에서 얻을 수 있는 것만 쓴다. 그래서 한번쯤 노미쓰 씨 밭에 들러 함께 일해 보고 싶었다.

노미쓰 씨와 함께 삽으로 흙을 파서 이랑을 만들고 고랑을 넓히며 농사를 비롯한 여러 가지 이야기를 나눴다. 노미쓰 씨는 자연과 하나 되어 채소를 키운다. 산으로 둘러싸이고 물이 지척에 흐르는 밭에서 맑은 날이든 비 내리는 날이든 하늘과 흙을 느끼고 깨끗한 공기를 마시며 일한다고 했다. 그 말을 들으니 내 마음이 다 풍요롭고 편안해졌다.

나는 하우스에서 아스파라거스를 키운다. 흙은 항상 깔끔하게 정돈하고 풀은 자라는 족족 뽑으며 비료도 듬뿍 주고 필요할 때는 농약도 쓴다. 똑같이 농사를 짓지만 내 농사와 노미쓰 씨 농사는 전혀 다르다.

나도 노미쓰 씨처럼 농사를 지을 수 있다면 좋겠다. 하우스에 있더라도 찬찬히 작물을 생각하고 지구와 단단히 이어져 있다는 감각을 잃지 않으면서 말이다.

논에서 찾은
진짜 자유

회사를 다니며 틈틈이 농사짓는 아저씨를 만났다. 아저씨는 정말 농사가 짓고 싶어 논을 산 사람이다. 퇴근한 뒤나 쉬는 날에 모를 심고 트랙터를 몰고 추수를 한다.

사실 내 주변에는 농사를 좋아해서라기보다는 가업을 잇거나 원래 논밭이 있기에 농사를 짓는 사람이 대부분이다. 그래서 아저씨가 굳이 회사에 다니면서 농사를 짓는 이유가 궁금했다.

"내가 하고 싶은 대로 할 수 있잖아. 진정한 자유지."

물론 농사도 큰 틀에서 보면 작업 시기나 방식이 정해져 있지만 그걸 언제 어떻게 실행하느냐는 모두 농사짓는 사람에 따라 달라진다. 하고 싶은 일이 있더라도 일단 상사 의견을 먼저 묻고 허가가 나야만 실행할 수 있는 회사와는 바탕부터가 다르다.

아저씨 말을 듣고 나니 이전에는 미처 몰랐던 농사의 즐거움을 하나 더 알게 된 것 같다. 내가 머릿속으로 생각한 일을 현실로 구현한다는 것, 마음과 행동과 현상이 하나가 된다는 것은 정말 멋진 일이다.

아스파라거스 씨,
고생이 많습니다

6월부터 7월 초순까지는 하루에 두 번 아스파라거스를 수확한다. 이 시기에는 아스파라거스가 특히 쑥쑥 자라 그때그때 따 주지 않으면 머리가 너무 벌어져 상품성이 떨어지기 때문이다. 아침에는 5시 무렵부터 따기 시작해서 10시에 출하, 오후에는 4시 무렵부터 따기 시작해서 6시에 출하한다.

그나마 덥지 않은 시간대를 골라 작업하지만 더위와 빡빡한 스케줄 때문에 눈이 핑글핑글 돌 지경이다. 몸은 물론 마음까지 헉헉거리는 듯하다. 그래도 나야 작업을 마치면 시원하게 에어컨 바람이라도 쐴 수 있지 아스파라거스는 하루 종일 찜통 같은 하우스 안에서 참 고생이 많다.

곧 아침저녁으로 선선해지면 아스파라거스가 자라는 속도도 더뎌지고 수확도 하루에 한 번만 하면 되니까 조금만 더 힘내자. 아스파라거스도 나도.

내 일터는 자연,
나는 농부입니다

햇볕이 뜨겁다. 공기가 뜨겁다. 비가 오지 않는다. 해충이 생긴다. 물러서지 않겠다. 몸을 일으켜 세운다. 풀이 자란다. 바람이 세게 분다. 폭우가 쏟아진다. 병해를 입는다.

아무리 지지 않겠다고 허리를 곧추세워도 자연은 그런 내 의지 따위는 아랑곳하지 않고 제 흐름대로 나아간다. 올해는 자연의 힘이 거대하다 못해 가혹하기까지 하다는 것을 참 뼈저리게 겪는다.

예측하지 못하며 경험해 본 적 없는 규모로 나타나는 자연. 그러나 나는 어떻게든 이 안에서 아스파라거스와 벼를 키우며 살아가야 한다. 그게 농사고 농부니까.

바람구멍을 내는
사람

비료 회사 직원 형과 농협 직원인 무카이 군이 하우스를 찾아
왔다. 하우스 안을 둘러보며 아스파라거스 상태며 하우스 안
온도, 습도, 흙 상태 등을 체크해 줬다.

두 사람은 아스파라거스를 아주 잘 알아서 그간 나 혼자 골치
를 앓던 문제들을 단숨에 해결해 줬다. 꼭 꽉 막힌 공간에 바
람구멍이 열리며 신선한 공기가 들어오는 것 같다.

곁에 이렇게 해박하고 친절한 사람들이 있어 참 다행이고 고
맙다.

다시 출발점으로
돌아오다

아스파라거스를 키운 지 어언 4년째다. 첫 해에는 정말 아무 것도 몰라서 주변 사람들에게 묻고 배우느라 여념이 없었다. 2년째부터는 제법 요령이 생겨 내 나름대로 생산량을 늘리거나 모양을 예쁘게 내는 방법을 거듭 고민하고 시도해 봤다. 그러나 지금은 기본에 충실한 것이 가장 중요하다고 생각한다.

기본이란 무엇인가? 통풍이 잘 되도록 아스파라거스를 성글게 심는 일이다. 이래야 병충해를 줄일 수 있고 나도 작업하기가 수월하다. 결과로 보면 아스파라거스에게도 내게도 좋은 일이다. 수확량이 조금 줄어들 수도 있겠지만 하우스에서 일하는 시간이 준 만큼 벼농사에 더 집중할 수 있으니 딱히 손해는 아니다. 오히려 더욱 심플하고 느긋하게 농사를 지을 수 있으니 이득인 셈이다.

논 위에 내려앉은
가을

가을걷이하는 날이다. 날씨가 좋다. 햇볕도 따사롭고 바람도
솔솔 분다. 콤바인이 벼를 베고 지나가니 벼가 융단처럼 바닥
에 깔린다.

벼에서 나온 왕겨는 포대에 담아 아스파라거스 하우스에 뿌
린다. 이렇게 하면 풀이 많이 자라지 않는다. 왕겨도 제 몫을
톡톡히 해낸다. 언뜻 쓸모없을 것 같은 껍질이 내 일을 거들
어 주는 셈이다. 왕겨를 담은 포대는 짚으로 묶는다. 왕겨를
뿌리고 나면 짚은 다시 논에다 버린다. 버린 짚은 자연으로
돌아간다. 자연에서 난 것이 제 일을 마치고 다시 자연으로
돌아간다.

올해 벼농사는 이걸로 끝이다. 이제 한시름 놓을 수 있겠다.
논에 물을 대는 일처럼 매일 해야 하는 일도 한동안은 손 놓을
수 있다. 가을걷이가 끝나고 텅 빈 논을 보니 내 마음도 홀가
분하다.

젊은 농부의
마음가짐

할머니 얼굴에 근심이 가득하다. 가을걷이한 뒤 쌓아 둔 쌀 포대 때문이다. 혹시 비가 새서 포대가 젖어 애써 말려 놓은 쌀이 말짱 도루묵이 될까 걱정이 이만저만이 아니다.

처음에 나는 뭐 그런 것까지 걱정하나 싶었다. 그러나 농사를 짓다 보니 '뭐 그런 것'이 아니라는 걸 깨달았다. 할머니의 걱정 너머에는 수십 년간 벼농사를 지어 온 세월이 있다. 그 긴 시간만큼 켜켜이 쌓인 실패와 고충이 있다.

이제는 할머니의 갖가지 걱정이 내 마음도 움직인다. 할머니의 근심을 소중히 여기는 것 역시 내가 해야 할 중요한 일 가운데 하나다.

영양아,
부탁해!

아스파라거스가 시들었다. 세균이 침투했기 때문이다. 그래서 메리트아카(メリット赤)라는 비료를 잎에 뿌렸다. 이렇게 하면 잎 속에 스며든 영양이 줄기를 타고 뿌리까지 내려간다. 잎에서 내려온 영양이 뿌리에 쌓이고 쌓여 내년 봄에 나올 아스파라거스의 양분이 된다.

오늘로 두 번째 엽면시비. 세균에게 또 당하기 전에 영양아, 어서 어서 내려오렴.

마음은 다
티가 나는 법

오랜만에 풀을 뽑으러 논에 나갔다. 한동안 논에는 들르질 않았다. 시기가 시기인지라 아스파라거스도 자라지 않아 하우스에 가는 횟수도 줄었다.

그림 그리고 히로시마에 다녀오는 동안 풀이 꽤나 자랐다. 하우스는 또 어떨까 싶어 가 보니 역시나 풀로 가득했다. 그래도 막상 뽑아 보니 잘 뽑혀 다행히 작업은 수월했다.

그나저나 1년 동안 꽤 열심히 풀에 신경 쓴다고 썼는데 아무래도 부족했나 보다. 언제쯤이면 그림을 대하듯이 논일을 대할 수 있으려나.

누군가 한번쯤
'괜찮다' 말해 줬으면

어제 시든 아스파라거스를 뽑았다. 오늘은 괭이로 흙을 파서
홈을 만들고 거기에 소똥과 비료, 왕겨를 뿌렸다. 그리고 흙을
부드럽게 해서 앞서 뿌린 것들과 섞어 아스파라거스에 다시
뿌려 줬다.

한창 작업을 하는데 문득 내가 잘하고 있는 건지 아닌지 불안
해졌다. 아스파라거스가 잘 자라도록 해야 한다는 생각에 너
무 골몰한 탓일까?

잠시 손을 놓고 마음을 가다듬는다. 너무 최선을 다하지는 않
아도 된다. 중요한 것은 아스파라거스를 소중히 여기며 즐겁
게 일하는 것일 테니.

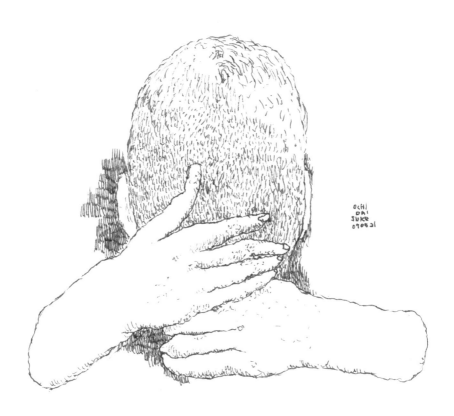

아스파라거스 농부의
한 해가 저물고

슬슬 내년 아스파라거스 농사 준비를 해야 한다. 농협 직원 무카이 군에게 부탁해 아스파라거스 뿌리 당도를 쟀다.

당도는 아스파라거스 뿌리 속 당분 양으로, 당분이 많으면 이듬해 봄에 아스파라거스가 많이 나온다. 측정한 당도를 보고 현재 있는 아스파라거스 중에서 얼마나 잘라 넬지를 가늠한다. 측정 결과를 보고 무카이 군이 제안한 만큼 아스파라거스를 베며 올해 작업을 정리한다.

이듬해 봄에
다시 만나요

날이 추워지면서 아스파라거스 잎이 누렇게 변했다. 잎 색깔
변화는 잎 속 영양이 뿌리에 저장된다는 것을 알려 준다. 이
영양은 이듬해 봄에 다시 잎을 틔우는 에너지가 된다.

아스파라거스처럼 나도 이듬해 봄을 대비한다. 누런 아스파라
거스를 베고 하우스 밖으로 내다 놓는다. 흙에 비료를 뿌리고
두둑을 만들고 물을 뿌리고 하우스 온도를 높인다. 내년에도
아스파라거스가 건강히 싹을 틔울 수 있기를.

시골에서 예술가로 산다는 것

그림과 농사라는
시소를 타다

일을 끝내고 하늘이 분홍빛으로 물들어 갈 무렵 〈이노쿠마 켄이치로(猪熊弦一郎) 미술관〉으로 향했다. 폐관 시간까지 30분밖에 남지 않아 걸음을 서둘렀다.

매표소 아주머니가 무척 상냥하고 입장권에 그려진 그림도 귀엽다. 엘리베이터에서 내리니 아주 너른 정사각형 상자 같은 공간에 그림이 잔뜩 걸려 있다. 이 풍경만으로도 가슴이 벅차오른다.

이노쿠마 선생의 그림은 강하면서도 따뜻하고 부드럽다. 그림을 보고 있노라니 꼭 시간의 흐름 속에 빠끔히 뚫린 주머니 속으로 들어온 듯하다. 그 주머니 안에서는 그림의 표현 방식이 어떻다느니, 이런 그림을 그리고 싶다느니 하는 생각은 떠오르지 않는다.

내 일상을 생각한다. 그림이든 농사든 내게 주어진 일을 몸과 머리와 마음을 다 써서 해낸다면 그것으로 충분하지 않을까,

그림과 농사라는 시소를 균형 맞춰 잘 타면 내 시간도 반짝반
짝 빛날 수 있지 않을까 하는 그런 생각들.

새하얀 벽에
담는 설렘

지인 케이 씨가 새로 내는 가게에 벽화를 그려 달라고 했다. 케이 씨는 자연에서 얻은 재료만을 써서 몸과 마음에 모두 건 강한 케이크와 슈크림, 화과자 같은 디저트를 팔려고 한다.

케이 씨네 집에 들러 케이 씨와 아내 분이 생각하는 벽화 이미지에 대해 이야기를 나눈 다음 목요일부터 작업을 시작하기로 했다.

벽화를 그리기로 한 목요일. 아직 새하얗기만 한 벽을 바라본다. 오랜만에 그림과 마주하는 터라 잘 그릴 수 있을지 걱정이 되는 한편 심장은 기분 좋을 만큼 빠르게 뛴다. 어떤 그림이 나올까? 케이 씨 부부가 기뻐할 만한 그림으로 이 하얀 벽을 메울 수 있기를 바라며 그림을 그린다.

드문드문하지만 다시 그림을 그릴 수 있는 기회나 장소가 생기고 있다. 한동안 논일이 바빠서 생각처럼 그림을 그리지 못했는데 나를 둘러싼 상황이 조금씩 바뀌는 것 같다. 아니, 내 마음이 변하면서 행동도 그에 따라 바뀐 것은 아닐까. 그래서인지 주변 풍경도 조금씩 달라 보인다.

사이조 시
문화축제

시에서 개최한 문화축제에 참가했다. 나처럼 그림 그리는 사람뿐만 아니라 그릇 빚는 사람, 과자 굽는 사람, 전통종이를 뜨는 사람 등이 모여 자기 작품을 전시하거나 판다.

오늘 나는 인쇄한 그림이 아닌 원화를 가져왔다. 원화를 죽 늘어놓고 보니 그림 그릴 당시 내 모습과 그림을 봐 주던 사람들이 떠오르고 그들과 지금도 연결되어 있다는 느낌을 아주 생생하게 받는다.

여기서 평소 동경해 왔던 〈모리타야(森田屋)〉의 타카아키 씨도 만났다. 〈모리타야〉는 일본 전통종이 공예를 배울 수 있는 공방이자 전통종이를 판매하는 가게다. 타카아키 씨는 35살이라는 젊은 나이로 다다미 한 장 크기만 한 전통종이를 혼자서 뜬다. 이런 장인은 일본에서도 몇 되지 않는데 그나마도 대부분이 나이가 지긋한 분들이다. 타카아키 씨는 20대 초반부터 전통종이 공예를 배웠다고 한다.

타카아키 씨를 처음 만난 건 지지난달에 열린 마을 초등학교 가을 운동회에서였다. 타카아키 씨는 딸을 보러 왔고 거기서 우리는 잠시 대화를 나눴다. 타카아키 씨가 걸어온 삶의 궤적과 말수는 적지만 내내 미소 짓는 모습, 그에게서 느껴지는 독특한 분위기 때문에 이후 나는 타카아키 씨를 동경하게 되었다.

그런 타카아키 씨가 내게 종이를 떠 줬다. 그림을 더 쉽게 그릴 수 있을 거라 덧붙이며. 타카아키 씨가 뜬 종이에 그림을 그리다니, 그림 뿌리가 바뀌는 기분이다. 종이에 담긴 타카아키 씨 마음, 그 위에 내 생각을 겹쳐 그림 그릴 생각을 하니 벌써부터 신이 난다.

참, 축제에서 초등학교 때 선생님도 만났다. 선생님은 내가 초등학교 때 그린 돼지의 분홍색이 참 부드러운 색깔이었다고 말했다. 그런 걸 다 기억하다니! 옛 모습 그대로 다정한 선생님 모습에 마음 한 구석이 따뜻해졌다.

그림이라는
위로

음악 하는 사람은 음악으로 마음의 위안을 얻겠지. 예컨대 기타를 칠 때 나는 '디링'하는 소리가 몸과 마음을 감싸며 연주하는 이를 다독이겠지.

그림도 그래. 스케치에 색을 더하는 순간 그 빛깔이 내 모든 것을 휘감으면서 굉장히 안심이 되곤 해. 그림을 그리는 건 나지만 실은 항상 그림이 나를 위로해.

영감이 되는
사람

세계 이곳저곳을 돌아다니다 이곳에 정착해 빈티지 가게를
운영하는 대만 친구가 있다. 직접 옷을 만들기도 하는 이 친
구에게서는 끊임없이 자기 마음을 두근거리게 하는 무언가
를 찾아 헤매는 사람 특유의 에너지가 느껴진다. 그래서 친구
네 가게에 들르면 옷보다 영감과 응원을 더 많이 챙겨서 돌
아온다.

농사를 짓느라 그림 그리는 시간이 많지 않아 답답할 때가 있
다는 내 말에 그는 "모든 것이 충족된 환경이라면 그림을 그릴
수 있을까?"라고 되묻기도 하고, "농사를 지으며 그림을 그리
는 게 나는 더 매력 있다고 생각해"라며 응원해 주기도 한다.

늘 완벽한 상황은 없다고 생각하며 지금 내가 있는 곳에서 할
수 있는 일을 찾으려고 하지만 사람인지라 내 마음이 내 마음
같지 않을 때도 있다. 그럴 때 비슷한 눈으로 세상을 바라보
고, 비슷한 고민을 하며, 비슷한 길을 가는 이의 진심 어린 한
마디는 커다란 깨달음과 위로로 다가온다.

쌀 포대에 담고 붙인
정성

얼마 전부터 1킬로그램짜리 쌀 포대에 직접 그린 그림 라벨을 붙여 판매하고 있다. 그걸 보고는 단골 카페 〈민나노커피(みんなのコーヒー)〉 마스터인 쥰 씨가 30킬로그램짜리 포대에도 라벨을 붙여 줄 수 있는지 물었다.

쥰 씨는 카페 이벤트나 마켓에서 내 그림을 판매할 수 있도록 도와주고 카페에서 내 개인 전시도 열어 주는 등 여러모로 내게 마음을 써 주는 고마운 분이라 즐거운 마음으로 라벨을 그렸다.

직접 농사지은 똑같은 쌀이기는 하지만 평범한 쌀 포대보다는 그림 라벨을 붙인 쪽이 훨씬 마음이 간다. 벌거벗은 아이에게 한 땀 한 땀 정성 들여 만든 옷을 입히는 기분이랄까.

쌀 포대를 받는 사람도 느낌이 다를 것 같다. 물론 쌀 맛은 별반 다르지 않겠지만 그림 라벨이 붙은 쌀 포대를 열어 쌀을 푸고 밥을 지어 먹으면 조금 더 살갑지 않을까.

시골 예술가의
마음가짐

예술에는 크고 화려한 도시에서 수많은 영감을 받으며 표현
하는 방식도 있지만 자그맣고 조용한 시골에서 자연과 마주
하며 표현하는 방식도 있다.

표현하고자 마음만 먹는다면 세상에 소재가 아닌 것은 없으
니 아스파라거스와 마주하는 순간, 모내기하는 순간, 숲을 바
라보는 순간 모두 내가 그림을 그리는 데는 큰 영감이 되리라.

히로시마

산책

오랜만에 이틀 시간을 내 히로시마에 다녀왔다. 출발하는 날
은 날씨도 좋았다. 히로시마에서는 내내 그림을 그릴 생각이
라 가방이 꽉 차도록 물감을 챙겼다. 전철에서 내릴 때는 가방
이 옆 사람에게 걸려 빼내느라 애를 먹었다. 카페 〈gee〉의 요
시코 아주머니가 역까지 마중 나와 줬다. 차 안에서 오랜만에
이야기를 많이 나눴다. 가슴 가득 설렘이 몽개몽개 피어났다.

그림을 잔뜩 그렸다. 여러 장 그린 것이 아니라 한 장에 가득 가득 그렸다. 이렇게 마음껏 그림을 그린 것은 도쿄에서 지낼 때 이후로는 처음인 듯하다. 다른 생각을 할 수 없을 정도로 그림에 집중하다 탈진하듯 바닥에 퍼더버리고는 한참 동안 멍하니 천장을 바라보다 다시 벌떡 일어나 거듭 그림을 그렸다.

그림을 그리다 피곤해지면 산책 겸 〈gee〉까지 걸어가 커피를 마셨다. 얼마 만에 맛보는 호사스러운 일상인지! 이런 날이 매일매일 이어진다면 얼마나 좋을까. 히로시마에 오기를 정말 잘했다. 그림을 맘껏 그릴 수 있는 것이 가장 좋지만 아주 사소한 것조차 마음에 콱콱 박히며 영감이 되는 것도 즐겁다.

모든 것이 좋은 히로시마였지만 딱 하나, 묵은 곳은 조금 무서웠다. 아직 이사가 끝나지 않은 빈집이었는데, 혼자 있다 보니 굳이 떠올리지 않아도 될 망상이 떠올랐다. 왠지 창문 너머에 살인범이 숨어 있을 것 같고 어떤 여자가 문을 열고 들어올 것만 같았다. 작은 소리라도 날라치면 소스라치게 놀랐고 욕실에 가는 것이 무서워서 양치와 샤워는 아침으로 건너뛰기도 했다. 불을 켜 놓으면 그나마 덜 무서울 듯해서 2층에 있는 그림 그리는 방, 침실은 물론이거니와 1층 부엌과 현관에도 불을 켜 두었다. 아, 서른이 넘어도 무서운 건 무서운 거였다.

내 마음속
작은 성

예술가인 선배가 말했다. "다이스케, 네게 그림은 성역이야."

세상에는 그림을 그리는 사람과 그림을 보는 사람이 있다. 그러나 그리는 사람이 누군가에게 자기 그림을 선보이기란 생각처럼 쉽지가 않다. 그림을 그리는 것만으로도 행복하지만 봐 주는 이가 없으면 이따금 쓸쓸해지는 것도 사실이다.

선배가 성역이라고 말한 것도 이 때문이다. 내게 그림이란 그 자체로 소중하기에 보는 이가 없더라도 반드시 지켜야 한다는 뜻이다. 그림을 지키려면 어떻게 해야 하나? 코앞 현실에 일희일비하지 않고 끊임없이 그려야 한다. 내 성역이 무너지지 않도록.

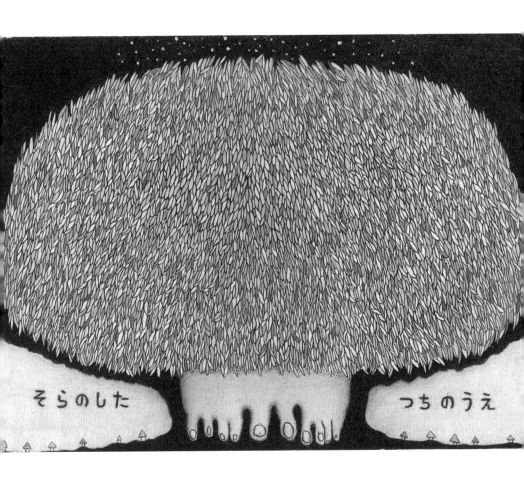

そらのした　　　　　　　　　　　　　　　　つちのうえ

한 걸음
성큼 다가온 꿈

오늘은 타마가와(玉川) 댐 주변에서 열린 플리마켓에 참여했다. 하늘은 금방이라도 '앙~'하고 울음을 터뜨릴 것만 같았다. 참가한 사람들 모두 비가 내려도 상품이 젖지 않도록 텐트를 치고 오픈 준비를 하느라 분주했다. 나도 어떤 식으로 상품을 배치할지 고민하며 준비를 서둘렀다.

처음으로 그림을 프린트해서 만든 티셔츠를 내놓았다. 첫 시도지만 그림이 요소로 들어간 상품을 만드는 일은 즐거웠다. 사람들이 여러 가지 방식으로 일상 속에서 그림을 즐길 수 있으면 좋겠다. 라벨을 붙인 쌀도 준비했다. 내가 좋아하는 그림과 농사를 이을 수 있어서 기쁘다.

나이가 들어도
설렐 수 있는 사람

나라 요시토모(奈良美智) 인터뷰가 실린 책을 샀다. 그래, 바로 이 느낌이다. 다리가 땅에 붙어 있지 않고 온몸이 동경하는 세상에 풍덩 빠진 듯한 기분. 〈빌 커닝햄 뉴욕〉이라는 영화를 봤을 때도 그랬고 바스키아(Basquiat)와 훈데르트바서(Hundertwasser)를 알았을 때도 그랬다.

이럴 때는 온몸에 에너지가 넘쳐나서 무엇이든 할 수 있을 것만 같다. 그리고 갑자기 일상이 무대가 된 듯하다. 무채색이던 곳도 아주 알록달록해 보인다. 이런 기분을 색깔로 표현하면 파랑 계열, 음악으로 말하자면 펑크 록 같다.

할아버지가 되어도 이 에너지나 마음을 간직하며 그림을 그리고 싶다. 지금처럼 두근두근하며 살고 싶다.

그대 얼굴을
들여다보며

도큐핸즈(東急ハンズ)에서 주최한 마켓에서 이틀 일정으로 초
상화를 그렸다. 초상화 작업은 처음이라 첫날 준비할 때는 꽤
나 안절부절못했다. 게다가 내 그림을 프린트해 만든 티셔츠
를 가져오는 것도 깜빡하고. 그래도 다행히 마켓 오픈 시간이
가까워지면서부터는 안정을 되찾았다.

11시 직전에 오신 아주머니를 시작으로 젊은 남녀, 어린이, 가
족 등 이틀 동안 30명 정도의 얼굴을 그렸다. 보통은 내 생각
과 느낌을 그림으로 표현하기에 오롯이 내게만 집중하면 되
는데 초상화는 다르다. 그림을 의뢰한 사람과 이야기를 나누
고 짬짬이 그림에 대한 의견도 들으면서 그려야 한다. 그래서
평소보다 몸은 더 피곤했지만 다양한 사람을 만나고 이야기
를 나눌 수 있어서 참 즐거웠다.

내게는 그림을 그리는 일만큼이나 세상과 소통하는 일도 소
중하다. 사람들과 주고받는 대화 내용, 이야기할 당시 분위기,
그때 얻은 느낌은 흐르는 시간 속에 흩어지는 것이 아니라 내

안에서 뚜렷한 색깔과 모양으로 남아 그림에 어떤 식으로든
영향을 미치기 때문이다.

언젠가 돛을 달고
바다로 나갈 날을 기다립니다

화방 아저씨와 통화하다가 아저씨가 매재(메디움) 쓰는 방법을 알려 줬다. 매재를 쓰면서부터는 마치 오랫동안 걸려 있던 마음속 수문의 빗장이 열린 듯하다. 잘 섞어 생생해진 색깔은 그림 속에서 물길이 되어 강으로 흐르고, 언젠가는 바다에 닿을 수 있으리라는 꿈도 꾼다.

이 작은 변화는 다시 내게로 와 커다란 에너지가 된다.

열정+열정=에너지

야노 군이 우리 집에 놀러 왔다. 야노 군은 나보다 7살쯤 어리지만 우리는 취향이 비슷해 대화가 잘 통한다. 야노 군은 사진 찍거나 동영상 만드는 걸 좋아해 오늘은 그림 그리는 내 모습을 찍어 주러 왔다.

늘 하듯이 이어폰을 끼고 음악을 들으며 그림을 그린다. 아무래도 야노 군과 같이 있으니 혼자서 그림을 그릴 때와는 느낌이 전혀 다르다. 그림에 열중하는 나와 사진에 집중하는 야노 군을 둘러싼 공기가 에너지로 변해 가는 걸 느낀다.

1시간쯤 그림을 그린 다음 붓을 놓는다. 스케치도 색도 아주 만족스럽다. 야노 군도 카메라를 놓는다. 워낙에 감각이 뛰어난 친구라 야노 군 카메라에 담긴 내 모습이 어떨지 궁금하다.

자기 작품을 빚는 사람과 함께하는 시간, 오롯이 열정으로 가득한 작업은 늘 내 가슴을 뛰게 한다.

선순환

나는 대개 혼자 일한다. 비닐하우스 안, 잎에 둘러싸여 변하지 않는 풍경 속에서 묵묵히 아스파라거스를 수확한다.

그러다 보면 점점 현실과는 멀어지고 내 마음과 가까워진다. 이 과정은 마치 명상 같다. 몸은 여기에 두고 마음은 우주로 여행을 떠나 깊이깊이 자맥질하는 듯하다. 이런 느낌을 받으면 곧 그림을 그리고 싶어진다. 농사짓는 동안 깊어진 마음을 반영해 선을 긋고 색을 칠하면 그림 그리는 나와 농사짓는 내가 하나로 이어지는 듯하다.

명상하듯 농사를 짓고, 이로써 마음이 풍요로워지고, 이 마음으로 그림을 그리는 선순환이 앞으로도 쭉 이어지면 좋겠다.

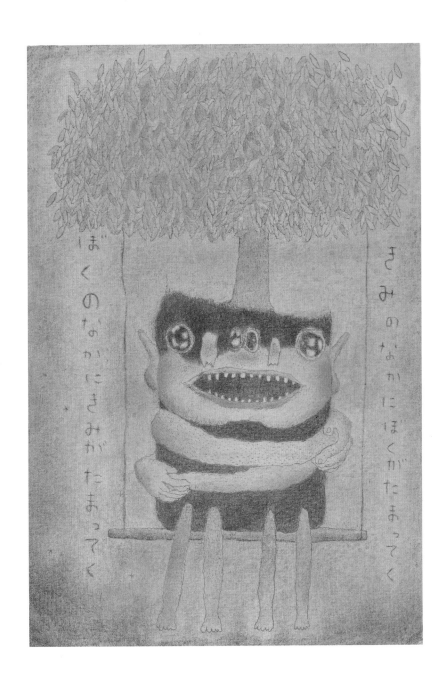

예술가:
공기를 일구는 사람

우리 집 근처에 사는 조각가 선생님 댁을 찾았다. 선생님은 원래 교사였는데 40대에 퇴직하고서 조각을 시작했다. 75세인 지금까지 30여 년간 수없이 많은 작품을 만들었고, 일본미술전람회(日本美術展覧会)에서 특선까지 수상했다. 우리 지역에서는 꽤 유명한 어르신이지만 전해지는 에너지는 무척 젊다. 여전히 하루하루 작품을 만드는 데 공들이며 사는 모습을 보면 호기심 가득한 아이 같기도 하다.

선생님 아틀리에에는 거의 마무리되어 가는 커다란 농부 조각상이 3개 있었다. 2미터 50센티미터쯤 되려나. 얼마나 자주 논을 바라봐야 이렇게 만들 수 있을까 싶을 만큼 생동감 있는 농부의 몸과 고개를 약간 들고서 먼 곳을 바라보는 듯한 얼굴에서 선생님의 열정과 희망이 전해졌다. 선생님은 인생의 정점을 80세로 본다며 앞으로 5년간 할 일을 생각하면 무척 즐겁다고 했다.

선생님 작품을 가만히 바라보고 있자니 가슴이 뜨거워졌다. 무언가를 만들고 표현하는 사람과 작품 사이에는 주변과 조금 다른 공기가 흐르는 듯하다. 어쩌면 예술가는 작품이 아니라 작품과 자신을 잇는 공기를 일구는 사람이 아닐까. 그 공기 때문에 마음이 가득 담긴 작품을 보면 이토록 가슴이 뜨거워지는 건지도 모르겠다.

농사를 짓느라 그림 그리는 시간이 없어 괴롭다는 내 말에 선생님은 작품을 만들 때는 시간보다 마음의 소리에 귀 기울이고 솔직하게 반응하는 일이 더 중요하다고 했다. 그동안 내가 괴로웠던 것은 바쁘다는 핑계로 내 마음을 차분히 들여다보지 못했기 때문이 아닐까.

'나'를 쌓아 가는 일

그림 그리는 일은 그림 그리는 나를 차곡차곡 쌓아 가는 일.
운동선수가 기초 운동과 훈련을 거듭하며 겨룰 수 있는 몸을
만들 듯이.

마음처럼 그려지지 않더라도 자꾸만 그리다 보면 그린다는
감각이 굳은살처럼 박이고 내 안에 쏙쏙 새겨진 감각은 납득
할 만한 그림을 그리는 나로 이어지겠지.

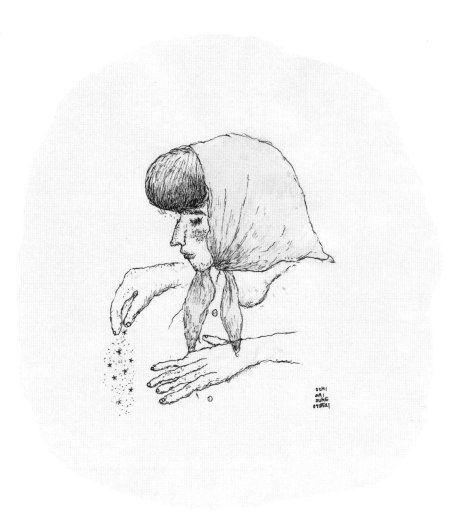

빛과 어둠 사이에서
전해지는 위안

책장에서 아웃사이더 아트 책을 꺼내 펼쳤다. 이 책에 실린 그림들은 일반적으로 아름답다고는 할 수 없다. 그래도 책갈피를 넘길 때마다 저마다 다른 느낌으로 나를 끌어당긴다. 어떤 그림은 생생할 만큼 고독해서 자꾸만 신경이 쓰이고, 어떤 그림은 보고 있으면 왠지 모르게 마음이 편안해진다.

책에는 그림과 함께 작가들 내력도 실려 있다. 작가 대부분은 부유하다고는 할 수 없는 환경에서 채워지지 않는 무언가를 마음속에 품고 살아온 듯하다. 언젠가 "그 자체로 풍성한 인생이라면 그림을 그릴 필요는 없다"는 말을 들은 적이 있다. 그 말에 완전히 공감할 수는 없지만 아웃사이더 아트를 보고 있노라면, 이들로 하여금 그림을 그리도록 하는 힘은 그 채워지지 않는 '무언가'이겠구나 싶다.

삶에서 채워지지 않는 무언가와 행복해지고 싶다는 마음 사이에서 일어나는 수많은 갈등이 있기에, 그림으로써 그 갈등을 풀어내려 애쓰기에 이들 안에서는 새로운 무언가가 태어나고 그것이 독창성으로 이어지는 것은 아닐까.

작가의 생각이나 의도를 내가 속속들이 알 수는 없다. 다만 내가 확실히 안다고 할 수 있는 것은 그림에서 어렴풋이 전해지는 그 느낌에 나는 확실히 구원받았다는 사실이다. 어쩌면 진짜 아름다움은 빛이 닿는 곳이 아닌 빛이 닿지 않는 곳, 빛을 찾아야만 하는 곳에 있는지도 모르겠다.

넘나들다, 스며들다,
새로워지다

우거진 나무 사이를 걷다가 머리 위를 올려다보면 잎에는 초록색 잎만 있는 게 아니다. 약간 노란빛을 띠는 연두색 잎도 있고, 빛이 닿아 희끄무레한 잎도 있고, 그림자가 드리워 깊어진 갈색 잎도 있다.

오래된 건물을 들여다보면 거기에도 여러 가지 색깔이 숨어 있다. 검댕이 묻은 곳도 있고, 이끼가 자라 푸르스름한 곳도 있고, 녹이 슬어 불그스름한 곳도 있다.

한 가지 색깔 안으로 빛이나 시간이 들어오면 다른 색깔로 바뀌거나 여러 색깔로 퍼진다. 나도 내 색깔만 고집하지 않고 빛과 시간이 어우러져 새로운 모습을 보여 주는 색깔을 낼 수 있다면 얼마나 기쁠까.

공감이 영감이 되는 밤

조인트 마켓에 참가하는 날이다. 조인트 마켓은 1년에 두 번, 11월과 12월 초순에 산이나 바다, 마을에 있는 커다란 공원에서 열리는 아티스트 마켓이다. 도쿄에서 내려온 지 얼마 되지 않아서 마켓 관계자를 알게 되었고 그 이후 줄곧 참가하고 있으니 어느새 4년째다. 새삼 인연의 고마움을 느낀다.

우리 지역에서는 여러 마켓이 열리는데 그중에서도 나는 조인트 마켓을 가장 좋아한다. 참여하는 사람 모두 자기 철학 있는 아티스트이기 때문이다. 그림은 대개 혼자 하는 작업이라 때로는 쓸쓸하기도 하다(물론 혼자 집중하는 시간도 매우 중요하지만). 그래서 번뜩이는 아이디어와 펄펄 끓는 열정으로 가득한 아티스트들을 만나 내 그림을 보여 주고 그들의 작품도 보면서 두런두런 이야기를 나누는 이 시간이 내게는 정말 소중하다. 작품 이야기를 하다 보면 사람들의 눈동자가 반짝반짝 빛나고 그 눈빛 너머로 그들이 쌓아 온 노력이 보인다. 그 눈빛은 또 내게 큰 영감이 된다.

추운 계절로 바뀌어 가는 11월 초순. 바람은 차갑지만 공원을
둘러싼 공기는 열정과 공감, 응원으로 왠지 따뜻한 듯하다. 멀
리 크리스마스트리에 불이 켜진다.

마음이 흘러가는 대로

오키 준코(沖潤子)라는 자수 작가를 알게 되었다. 처음 작품을 봤을 때는 그저 압도되었고, 나중에는 위안을 받았다.

작가는 미리 형태를 계획하지 않고 작품에 어떤 메시지도 담지 않으며 그저 자그마한 실과 바늘에 그때그때 감정을 실을 뿐이라고 한다. 작업을 되풀이하다 보면 자연스레 어떤 형태가 나온다며.

그렇다면 나를 압도하고 위로한 것은 어떤 계획이나 의도도 깃들지 않은 작품 속 '자연스러움'이었을까?

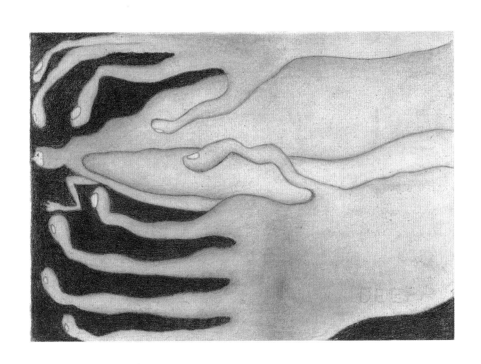

한 걸음 더
자연 가까이

늘 하던 대로 캔버스나 종이에다 색연필, 물감, 펜으로 그림을 그리는데 문득 이 과정이 자연스럽지 않다고 여겨졌다. 모두 사람이 만든 도구이니까. 도구를 써서 그림 그리는 일이야 당연하다고 할까, 어쩔 수 없다고 할까. 그렇지만 한 번 그리 느끼고 난 뒤부터는 조금이나마 자연에 가까운 방식으로 그림을 그리고 싶어졌다.

시간이 흐르고 계절이 바뀌어도 늘 흰색인 캔버스나 종이 대신에 나무나 녹슨 철에다 그림을 그려 보는 건 어떨까. 나무에는 꽃이 피고 지고, 비바람이 몰아치고 햇볕이 내리쬐는 계절의 변화가, 녹슨 철에는 긴긴 세월이 그대로 녹아 있으니 도구와 내 손만으로는 표현해 낼 수 없는 색 겹침이나 변화를 나타낼 수 있으리라.

물방울이 똑똑 떨어지는 곳에 물감을 떨구거나 물감 푼 물을 분무기에 담아 안개처럼 뿌려 보는 건? 구상해 놓은 대로 그림을 그리는 게 아니라 우연에 따라 생길 수 있는 여지를 마련

해 놓는 셈이다. 그러면 나에게만 몰두한 나머지 틀이 생겨 작
아지는 그림이 아니라 한계 없이 자연스럽게 뻗어 가는 그림
을 그릴 수 있지 않을까.

그림 씨앗

요즘 일하러 갈 때는 종이와 펜을 꼭 챙긴다. 음악을 들으며 아스파라거스를 따거나 풀을 베다 보면 머릿속에 이미지가 떠오르곤 한다. 그때 종이와 펜이 있으면 이미지를 놓치지 않고 바로바로 스케치해 둘 수 있다.

일을 끝내고 집에 돌아와 종이를 펼치면 평소에는 생각지 못했던 이미지로 가득하다. 눈에 보이지 않는 세계에서 태어난 이런 스케치는 언젠가 그릴 그림 씨앗이 된다. 시골에서 농사 지으며 내가 얻는 씨앗은 식물 씨앗만이 아니었다.

자연을 닮아 가는 나날

합장

센유지(仙遊寺)라는 절에 오르는 길. 구름 위에 사는 난쟁이들이 거대한 숲 속 오솔길을 오르는 내 차를 내려다보는 것만 같다. 차창 밖으로는 나무들이 잰걸음으로 스쳐 지나간다. 절에 다다르니 발아래 놓인 마을은 작아지고 하늘은 가까워진다. 절을 감싼 차가운 공기가 볼에 와 박히는가 싶더니 삽시간에 온몸을 휘감는다. 절 입구에서 합장한 뒤 신비롭고 상쾌한 공기를 들이마신다.

스님에게서 이 절에 수행하러 온 사람들은 농사를 짓는다는 이야기를 듣는다. 농사가 수행이라고? 그럼 매일 같이 풀 뽑고, 괭이질하는 나도 수행하고 있는 걸까. 대화 나눌 사람 하나 없이 외로움과 마주하며 논에 있는 것도, 당장이라도 괭이 대신 펜을 들고 그림 그리고 싶은 마음을 억누르는 것도 수행이라고 생각하니 거짓말처럼 마음이 환해진다. 때때로 마음이 떠돌더라도 땅에 단단히 발을 붙이고 자분자분 해 나가면 될 일이다. 고요하고 평안하게. 그래, 수행하듯이.

향불내가 은은하다. 해묵은 나무 기둥이 그윽하다. 머릿속을 가득 메웠던 생각은 산사의 차가운 공기 너머로 사라진다. 모든 것을 비우고 나니 그제야 손이 곱을 정도로 춥다는 생각이 든다. 고개를 들어 고즈넉한 산사 풍경을 바라본다. 어쩐지 처음 본 것과 달라 보인다. 스님은 마음이 달라지면 주변 풍경도 달리 보인다고 덧붙인다.

절을 나서며 다시 합장한다.
고맙습니다. 고맙습니다. 고맙습니다.

미역과 아스파라거스와
나

새벽 어스름, 모내기 장화를 신고 바다에 들어가 미역을 땄다.
어슬한 바다에서 철썩이는 파도를 느끼며 바위에 붙은 미역
을 따고 있자니 늑대 울음소리가 들리는 야생 한복판에 있는
듯했다.

그리고서 곧장 하우스로 와 아스파라거스를 따려는데 느낌이
이상하다. 작은 수레에 바구니를 얹고 가위로 하나씩 자른 아
스파라거스를 바구니에 담는 일상 같은 일이 어색하게 느껴
진다. 왜 그럴까?

곰곰이 생각해 보는데, 아! 미역 때문이다. 야생 같던 새벽 바
다에서 보니 미역이 먹거리가 아닌 생물로 다가왔다. 그 감각
이 채 사라지기 전에 하우스로 왔기에 아스파라거스도 상품
이 아닌 생물로 보인 터.

그래, 하우스 작물이라 깜빡 잊었지만 아스파라거스도 생물이
다. 바다에 있는 미역처럼, 자연 속에 있는 나처럼.

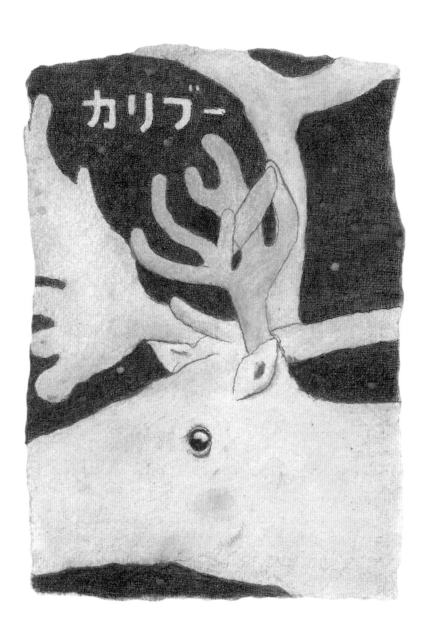

마음 틈새로
바람이 불면

가을걷이 뒷정리도 해야 하고 내년 농사 준비도 해야 하고 부탁받은 그림도 그려야 하고 읽고 싶은 책도 읽어야 하고 한동안 쓰지 못한 일기도 써야 하는데 시간이 없어 차곡차곡 쌓이기만 한다.

이걸 언제 다 하나 고민해 봤자 답은 나오지 않을 테니 일단 움직이자. 앞엣것부터 차근차근 정리하다 보면 조금씩 줄어들겠지. 쌓인 일이 줄어들면 복잡한 마음에도 틈이 생기고 그 틈으로 공기도 드나들겠지. 나는 그제야 자연 속 공기가 달콤하다는 걸 알게 되겠지. 그러고 보니 요즘은 그렇게 중요한 것도 잊고 지냈구나.

해사하고
씩씩하게

아무리 서글픈 날이라도 웃을 수 있는
톡, 하고 씩씩함이라는 스위치를 켜서
주변을 환하게 밝힐 수 있는
긍정적인 태도로 최선을 다하며
세상과 마주할 수 있는
그래서 함께하는 이들에게
밝고 건강한 힘을 줄 수 있는
그런 사람이고 싶다.

길을 잃고 싶었는지도
모릅니다

어라? 이번 역에서 내려야 하는데, 어라?

외출했다가 막차를 타고 집으로 가는 길이었다. 잠을 잔 것도 아니고, 또렷이 내려야 할 역에 닿은 것도 알았는데 나는 내리지 않았다. 출입문이 닫히려고 하자 퍼뜩 정신이 들어 일어섰지만 이미 늦었다.

다음 역에서 내리긴 했지만 돌아갈 방법이 없었다. 이미 전철은 끊겼고, 지갑에는 3,500엔밖에 없어서 택시를 타거나 호텔이나 여관에 묵을 수도 없고. 노숙이라도 할까 싶었지만 12월인 데다 주변에는 바람을 피할 만한 곳도 없었다.

갑작스레 닥친 일에 내 뇌는 바빠졌다. 그렇게 하룻밤 보낼 곳을 찾아 낯선 동네 밤거리를 어슬렁거리다 보니 문득 쉴 곳을 찾아 헤매는 야생동물이 된 듯한 기분에 휩싸였다. 묘하게도 그 기분이 나쁘지만은 않았다.

1시간쯤 돌아다녔을까, 다행히 만화카페 한 곳이 눈에 띄었다. 2,000엔을 내고 들어갔다. 꽤 지치고 졸려서 바로 잠이 올 줄 알았는데 막상 누우니 머리가 맑아졌다. 내려야 할 역을 지나치고, 낯선 동네를 헤매고, 잠은 오지 않고. 참 이상하지만 나쁘지는 않은 밤이다.

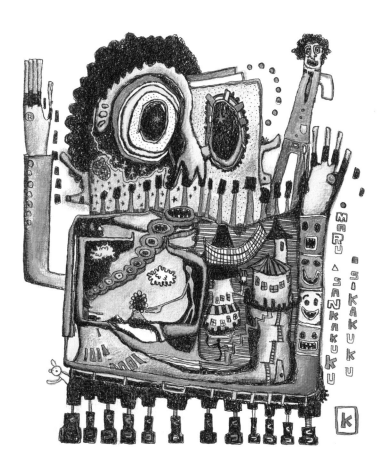

함께
설렐 수 있기를

사람들에게 일상 속에서 두근거림을 전하는 사람이 되고 싶다. 그런 의미에서 무언가를 창작해 보고 싶은 마음이 들게끔 하는 그림 교실을 열고 싶다.

단순히 그림을 가르치고 배우는 공간이 아니라 좋아하는 음악과 영화를 틀어 놓거나 화집과 책을 잔뜩 쌓아 두고서 어른, 아이 할 것이 없이 들른 누구나가 영감을 얻을 수 있는 공간을 꾸미고 싶다.

울고 싶은
밤

집에서 차로 10분쯤 걸리는 곳에 라멘 가게가 있다. 다리가 불편한 아주머니가 혼자서 꾸려 나가는 곳으로, 맛있어서 라멘이 당길 때면 이따금 찾곤 한다.

그날도 별 말 없이 입김을 후후 불며 라멘을 먹고 있는데 아주머니가 내게 말을 걸었다. 평소에 우리가 주고받는 대화라고는 "맛있네요", "잘 먹었습니다", "고맙습니다", "또 오세요" 같은 인사말뿐인데.

아주머니는 이런저런 말끝에 자기 다리 이야기를 했다. 7년쯤 전, 다리에 이상이 생겼다고 한다. 그때 여러 감정을 느꼈고 이윽고 그 끝에 자리 잡은 감정은 절실함이었다. 예전에는 큰 감흥 없이 그저 살아지는 대로 살았는데 다리가 불편해지고 보니 시큰둥했던 모든 일이 그렇게 간절할 수가 없었다고 한다.

지난 7년 동안 한 번도 가게 문을 닫지 않은 까닭도 그래서였

다. 할 수 있는 일이 이뿐이었기에 가게를 꾸리는 데 온갖 힘과 정성을 기울였다. 그러다 보니 자연스레 일만 아니라 삶을 대하는 태도도 달라졌다. 세상 모든 일이 소중해졌고 살아있는 하루하루가 감사했다.

"힘든 일이 생기면 풀이 죽지만 그래도 괜찮아. 나중에 뒤돌아보면 그런 일이 있었기에 알 수 있는 것도 많으니까. 슬픔이 즐거움으로 바뀌는 일도 있고 말이야. 그러니 지금 나도 있는 거고."

그제야 나는 깨달았다. 아주머니가 나를 위로하고자 자기 이야기를 꺼냈음을. 본인도 힘든 시기를 지나왔기에 그날 나를 둘러싼 슬픔도 느낄 수 있었으리라. 생각이 거기까지 미치자 눈물이 왈칵 쏟아지려 했다. 슬픔을 건너온 자의 담담한 위로란 얼마나 사람을 울고 싶게 만드는지.

1+1은 2가 아니라
좀 더 큰 무언가

친구가 논일을 도와주러 왔다. 둘이서 이야기를 나누며 일하다 보니 아이디어도 샘솟고 일도 금방 끝났다. 사실 혼자서 묵묵히 일만 하다 보면 오히려 잡생각만 많아지고 일도 좀체 진전되지 않을 때가 많다. 늘 똑같아 보이던 논 풍경도 친구와 도시락을 먹고 커피를 마시고 고구마까지 구워 먹으니 색달라 보였다.

역시 다른 사람과 함께 일하는 것은 즐겁고 멋진 일이다. 분명 1+1은 2가 아니라 좀 더 큰 무언가일 테다.

부드럽고 단단하게
살아가기

아침부터 찬찬히 『야나의 숲 생활(ヤナの森の生活)』이라는 책을 읽었다. 야나는 하와이 밀림 속에서 자연 리듬에 맞춰 살아가는 할머니다. 야나 할머니 집은 숲 속에 있다. 집이라고 해도 큰 천막으로 된 지붕만 있다. 벽도 없고 바닥도 없는, 말 그대로 자연 속 집이다.

야나 할머니는 해가 뜨고 주변이 서서히 밝아 오면 그에 맞춰 일어나 하루를 시작한다. 아침에는 느긋하게 의자에 앉아 차를 마시면서 마음 깊숙한 곳을 들여다본다. 마음속 소리에 귀 기울이는 시간이다. 그 시간이 끝나면 집안일을 하거나 뜰을 가꾸거나 밥을 짓거나 아이들을 챙긴다. 살아있다는 것, 그 자체를 소중히 여기는 시간이리라. 이후에는 숲에서 일하거나 주변 사람들을 만나고, 저녁에는 다시 가족과 함께 식사하며 시간을 보낸다. 그리고 할머니의 하루는 꿈속으로 되돌아가며 끝난다.

내면에서부터 차츰차츰 외면으로 나왔다가 다시 서서히 내면으로 돌아가는 야나 할머니의 하루는 마치 거대한 원을 그리며 흘러가는 고요한 물길 같다. 야나 할머니는 내면이 이토록 잔잔하고 평화로우니 가족이나 주변 사람을 보듬으면서도 자연에 스며들 수 있으리라.

곧잘 바깥 상황에 마음이 휩쓸리고 마는 내게 야나 할머니가 살아가는 방식은 싱그럽고도 깊은 울림으로 다가온다.

돈보다
두툼하고 따스한

밭일을 도와주러 온 친구에게는 그날 딴 채소를 준다.
우리 집에서 딴 채소와 친구네 밭에서 딴 채소가 다르면 서로
바꿔 먹는다.

쓰지 않는 물건이 있으면 필요한 사람에게 건넨다.
돈이 없더라도 고마움을 전할 수 있고, 필요한 것을 얻을 수
있으며, 누군가를 도울 수도 있다.

돈이 아니라 서로를 향한 마음으로 이루어진 이 관계가 차츰
더 넓어지면 좋겠다.

⭐ 그림 그리는 농부 다이스케, 아스파라거스는 잘 자라요?

거침없이
멋스럽게

오늘 참 멋진 할아버지를 만났다. 조금 있으면 80세가 된다고 하는데 도무지 그렇게 보이지 않았다. 눈빛은 맑고 얼굴에는 생기가 가득하고 힘은 또 어찌나 센지. 여전히 활달한 모습이었다. 무척 순수하고 성실하고 망설임 없이 인생을 사는 할아버지 모습이 내게는 참 크고 멋져 보였다.

할아버지는 주어진 하루하루를 있는 힘껏, 웃으면서 살아간다고 했다. 그리고 돌아보니 살면서 쓰리고 괴로운 일을 겪어 내는 것도 중요한 일이라고 덧붙였다. 들려주는 말 한 마디 한 마디도 할아버지처럼 묵직하고 따뜻했다.

그러고 보면 할아버지처럼 어떤 감정, 상황도 피하지 않고 솔직하게 마주하면서 살아온 사람은 나이가 들수록 젊어지는 것 같다. 나도 이렇게 나이 들고 싶다.

그리고 모든 것이
깨어나는 시간

밤을 좋아한다.

빛이 떨어지고 세상이 부예지다 어둠 속으로 숨어 버리면
이윽고 돌아오는 고요하고 다정한 그 시간을 좋아한다.

느리게 움직여 얻는
즐거움

아스파라거스를 딸 때는 늘 경트럭을 타고 하우스에 간다. 하우스까지는 뛰면 집에서 1분 정도밖에 걸리지 않지만 수확한 아스파라거스를 그냥 들고 오기에는 너무 무겁기 때문이다. 그러나 오늘은 걸어서 하우스에 가 봤다. 딱히 의도가 있는 건 아니고 문득 그러고 싶어서.

주변 밭도 보고 하늘도 올려다보고 멀리도 내다보고 개 짖는 소리도 들으면서 걷는데 기분이 아주 새롭다. 겨우 이동 수단만 바꿨을 뿐인데도 마치 반복되는 일상에서 벗어난 것 같다.

차나 농기계만 이용하는 사이에 꾸역꾸역 몸을 움직여 일하는 즐거움, 온몸이 자연의 일부가 되는 그 느낌을 잊고 지냈구나! 물론 기계를 쓰면 일도 수월하고 작업 시간도 짧아 편리하지만 내게는 효율보다 더디더라도 몸과 마음을 풍성하게 하는 것이 더 중요했건만.

오늘부터라도 차근히 그 감각을 되살려 보자.

에메랄드그린 빛깔
마음

여름이다. 봄과 여름 사이에 쑥쑥 자라던 아스파라거스도 새
싹이 나오는 수가 부쩍 줄었다. 그러나 이제 곧 손을 뻗고 잎
을 펼치며 우거지겠지. 한 달쯤 지나면 하우스 안이 초록빛으
로 가득해지리라.

아니, 올해는 조금 다를 것 같다. 자연과 아스파라거스를 대하
는 내 마음이 달라졌으니 그 변화를 흡수해 초록보다는 살짝
더 보드라운 에메랄드그린으로 채워지지 않을까.

내 곁에 있어 줘서
고맙습니다

해 질 무렵, 사촌인 쇼 군과 꼬치 집에서 만나 술을 마셨다. 어릴 때부터 함께 뛰놀며 형제처럼 자란 우리는 이따금 만나 술한잔하며 두런두런 이야기를 나누곤 한다.

쇼 군은 술 빚는 사람이다. 술을 빚고 농사를 짓고 그림을 그리는 일은 무언가를 일구어 낸다는 점에서 비슷하다. 그래서 쇼 군이 "술을 빚는 데도 가장 중요한 것은 기술이나 환경이 아니라 마음가짐 같아"라고 말했을 때 무척 공감해서 한참 고개를 주억거렸다.

술이든 농사든 그림이든 무엇이든 이런 마음가짐으로 일하는 사람이야말로 인간미가 넘치는 사람이 아닐까. 그런 생각을 하다 보니 새삼 쇼 군이 멋져 보였고, 이런 사람이 친구로, 형제로 곁에 있다는 사실이 고맙고 푸근했다.

다정한 사람이
되고 싶다

슬픔에만 차 있는 것은 좋지 않지만 진짜 슬픔이 무엇인지를
아는 것은 중요하다.

마음에 빛만 가득하다면 그 빛에 가려 다른 이의 어둠을 보지
못할 수도 있기 때문이다.

가슴 한 구석에 슬픔 몇 조각쯤 품은 사람이라면 어둠 속에서
도 다른 이의 슬픔을 살피고 헤아릴 수 있으리라.

진짜 다정함은 그래서 어딘가 조금 아프고, 그 아픔 속에서 사
람과 사람 사이에 진짜 연결고리가 생긴다고 믿는다.

김매는
행자

어제 한 스님이 TV에 나와서 이런 말을 했다. "저는 1시간 걸리는 청소를 45분에 끝내고자 노력합니다." 항상 빠릿빠릿하게 움직이고 그래도 시간 안에 하지 못할 것 같으면 어떻게든 지혜를 짜낸다고. 이는 스님의 수행 방식이라고 했다.

오늘 새벽, 하우스에서 김을 매다가 스님 말이 생각이 나서 나도 평소보다 속도를 올려 봤다. 그랬더니 과연 의식이 한 곳에 모이면서 머릿속이 맑아졌다.

어찌 보면 김매는 일은 체력과 시간을 소모하는 일일 뿐이지만 조금만 생각을 달리 하면 스님이 가부좌를 틀고 의식 너머 깊은 곳을 바라보듯 내 마음을 정갈하게 하고 몸에 생기를 불어넣는 수행이 될 수도 있다.

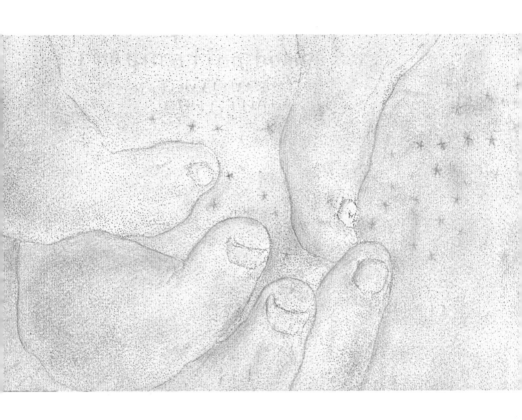

그림 그리는 농부 다이스케, 아스파라거스는 잘 자라요?

손

당연한 일이 새삼 고마워질 때가 있다. 오늘은 문득 손이 있어서 참 다행이라는 생각을 했다.

대부분 사람이 그렇겠지만 특히 나는 손에게 신세를 많이 진다. 손이 있기에 아스파라거스도 키우고 논밭도 일구고, 무엇보다 내 생각이나 감정을 그림으로 나타낼 수 있으니까.

미처 깨닫지 못했지만 손은 늘 같은 자리에서 묵묵히 내 모든 시간을 함께해 주는 고마운 짝이었다.

어쩔 수 없음을
받아들인다는 것

어젯밤에 바람이 무척 셌다. 아침에 일어나자마자 아스파라거스를 살피러 가니 아니나 다를까 어린 아스파라거스가 죄다 옆으로 휘어 있었다. 풀이 자라지 않도록 뿌려 놓은 왕겨도 바람에 휘날려 안쪽 흙이 다 드러난 상태였다. 바로 얼마 전에도 바람에 다 날아가 버려 다시 뿌렸던 건데.

자연의 힘은 위대해서 눈 깜짝할 사이에 모든 형태를 바꿔 버린다. 정성과 시간을 들여 가꾼 것이라도 금세 무너뜨린다. 때때로 자연은 자비롭지 않지만 그게 자연이다. 그러므로 자연에 맞선다거나 지지 않겠다거나 하는 생각은 아무런 소용이 없다. 그저 다시 시간과 공을 들여 하나하나 되돌릴 수밖에.

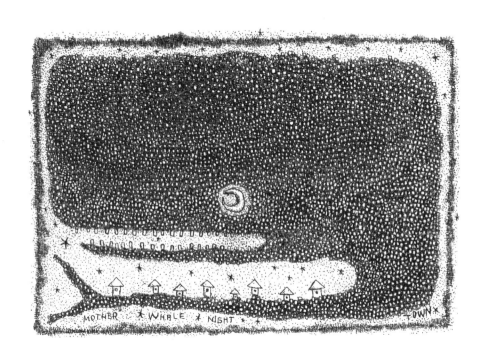

우리 마을
물 환경 조사

이웃에 사는 형님 권유로 산속 쓰레기장 주변 수질을 조사하는 모임에 참가했다. 나를 비롯한 농부 10여 명과 수질 조사 전문가가 함께 산으로 들어갔다.

쓰레기장이라고 해도 벽으로 가려져 있어 안을 볼 수는 없었다. 우리는 그 주변에서 쓰레기를 처리할 때 나오는 물이 냇물로 흘러드는지, 그래서 물이 오염되었는지를 조사했다. 수질에 따라 사는 물속생물이 다르므로 냇물 각 지점에 어떤 생물이 사는지를 살펴봄으로써 그곳 수질을 알아볼 수 있다.

산 아래에서부터 위로 올라가며 냇물 속 돌멩이를 들추거나 뜰채를 뜨면서 다양한 물속생물을 찾았다. 처음 보는 생물이 무척 많았다. 조사에 참여해 보니 정말 깨끗한 물에서 보이는 생물과 탁한 물에서 보이는 생물이 달랐다.

수질 조사를 마치고 돌아오는 길, 문득 걱정이 앞섰다. 자칫하면 오염된 물로 농사를 짓게 될지도 모를 일이다. 그렇게 생각하니 산속 쓰레기장이 더 이상 먼 일처럼 여겨지지 않았다. 수질 조사에 그치지 않고 쓰레기장도 우리가 직접 들여다볼 수 있다면 좋으련만.

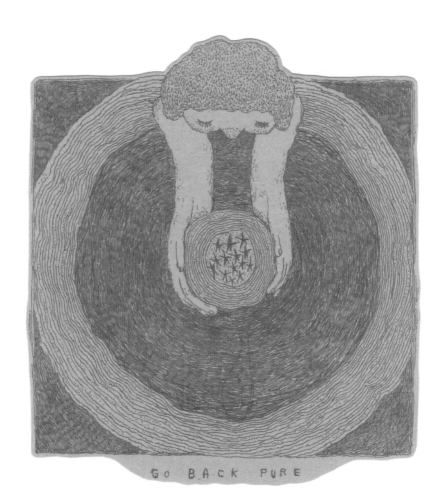

나는 지금
여기에 있으니까

"어떻게 살고 싶어?"라는 질문을 받으면 딱히 할 말이 없다. 그럴 때면 번듯한 계획을 세워야 하나 싶다가도 이내 지금 이대로도 괜찮다 싶다. 명확한 목표를 세우고 그곳을 향해 나아가는 삶만큼이나 지금 이 순간에 오롯이 집중하는 삶도 뜻 깊다고 보기 때문이다.

순간에 집중하는 삶이란 기쁠 때든 슬플 때든 어디에 있든 스스로를 들여다보며 몸과 마음이 따로 떨어지지 않게 살뜰히 챙기는 삶이라고 생각한다. 그렇게 살다 보면 내 안에서 무엇이 태어나고 흘러가고 사라지는지 또렷이 알 수 있을 테고, 이렇다 할 계획은 없더라도 '나'다운 삶을 살 수 있을 테니까.

오늘은 쌘비구름 지나가고
개구리 울고

올해는 벼농사에 더욱 힘을 쏟고 있다. 매일 아침 아스파라거스를 따러 하우스에 들르기 전에 논을 보고 오고 다른 일을 하다가도 짬짬이 논을 둘러본다. 논에 물이 빠져 바닥이 보일라치면 강에서 물을 끌어와 채우고 비가 많이 내려 논에 물이 남실남실 넘칠 것 같으면 물이 잘 빠지도록 손쓴다.

벼농사에 몰두하면 할수록 자연과 내가 함께 움직인다는 느낌을 받는다. 아니, 오히려 자연 속에 내 하루가 완전히 녹아 있는 듯하다. 맑으면 맑은 대로 흐리면 흐린 대로 비가 오면 오는 대로 해야 할 일이 있기에 늘 일기예보를 챙기고 하늘을 보고 강을 보며 자연을 의식하게 된다.

몸도 마음도 쉴 틈이 없지만 이런 일상이 나쁘지 않다. 개구리나 메뚜기와도 더 친해진 것 같고.

아주 소박한,
사실은 전부인

그저 일이 아니라 내게 영감을 주는 과정으로서 농사를 지을
수 있다면.

생산량이 많지는 않더라도 그럭저럭 생활할 수 있을 정도면
충분하다고 생각한다. 대신 훨씬 찬찬히 아스파라거스와 벼를
살피고 가족, 이웃과 여유롭게 시간을 보내며 지내고 싶다.

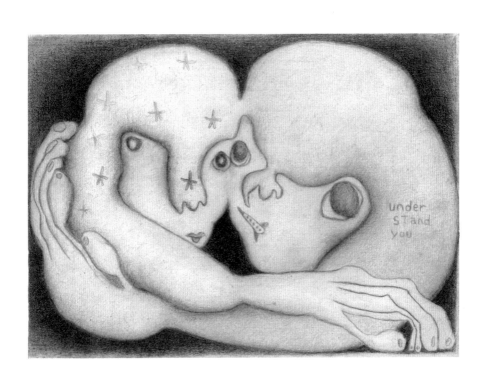

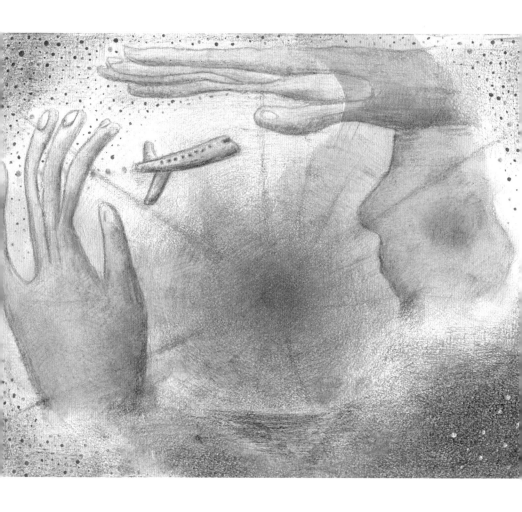

해님과 함께하는
나날

아침에 창으로 햇살이 비치면 눈을 뜨고 일어나 논으로 간다. 내가 논에서 온몸으로 햇볕을 받으며 일하는 사이 하우스에서는 아스파라거스가 햇볕을 받으며 쑥쑥 자란다.

해님이 머리 위를 지나갈 무렵 잠깐 논일에서 손을 놓고 그림을 그린다. 다 그린 그림은 햇볕에 말린다.

해거름에 집으로 돌아와 노을을 바라보며 그림 넣을 액자를 짠다.

해님이 서산으로 넘어가고 밤그림자가 온 마을에 내려앉으면 하루 종일 해님에게서 빛과 온기와 평안을 받기만 하고 보답은 하지 못한 내 하루도 끝이 난다.

HE HAVE MIDNIGHT IN HIS HEART